앞니 인사

푸른사상 동시선 26

앞니 인사

인쇄 · 2015년 7월 25일 | 발행 · 2015년 7월 30일

지은이 · 김경구
펴낸이 · 한봉숙
펴낸곳 · 푸른사상
주간 · 맹문재 | 편집 · 지순이 | 교정 · 김수란

등록 · 1999년 7월 8일 제2-2876호
주소 · 서울시 중구 충무로 29(초동) 아시아미디어타워 502호
대표전화 · 02) 2268-8706(7) | 팩시밀리 · 02) 2268-8708
이메일 · prun21c@hanmail.net / prunsasang@naver.com
홈페이지 · http://www.prun21c.com

ⓒ 김경구, 2015

ISBN 979-11-308-0487-3   04810
ISBN 978-89-5640-859-0   04810 (세트)

값 10,500원

푸른사상
동시선

26

앞니 인사

김경구 동시집

푸른사상
PRUNSASANG

오늘도 저는 우리 친구들과 신나는 하루를 보냈어요.

음~ 수업시간 한 친구가 자꾸 창문만 바라봐 속 터진 만두가 되긴
했지만요. 그래도 괜찮아요. 어쩌면 그 친구도 저 어릴 때처럼 구름으
로 뽀송뽀송 이불을 만들거나, 구름을 똑 따 라면 끓일 때 넣으면 맛있
겠단 생각을 했을지 모르니까요.

실제로 초등학교 때 저는 라면을 어떻게 하면 맛있게 끓일까, 생각
하다 많은 것을 넣어 보았어요. 일단 끓는 물에 라면과 수프를 넣고요.
사과 반쪽, 건빵 두 개, 아이스크림 반, 별사탕 세 개, 알약처럼 생긴
초콜릿 일곱 개…… 제가 좋아하는 것을 넣고 끓인 거죠. 옆에 있던 강
아지 '메리'도 궁금한지 제 곁을 떠나지 않았어요.

잠시 후 김이 모락모락 나는 라면을 먹었어요. 맛이 어떨까 궁금하
죠? 크~ 맛은 상상에 맡길게요. 그 이후 저는 아이스크림 대신 구름
을, 별사탕 대신 별똥별을 넣어 꼭 라면을 끓여 보고 싶었어요. 여전히
그 생각은 변함이 없고요.

제가 만약 이 라면을 끓이게 된다면 우리 친구들에게 연락할 테니
같이 먹기로 해요. 정말 어떤 맛일까 기대가 되죠? 일단 조금 먹어도
배가 부를 것 같아요. 저는 한 젓가락만 쭈욱 건져 먹을게요.

왜냐하면 저는 우리 친구들과 함께 수업하면 배가 고프거나 아프더
라도 힘이 불쑥불쑥 나기 때문이에요. 하지만 어쩌면 반대로 제가 거

의 다 먹어야 할지도 모르겠네요. 언제부터인가 제 속에 어린 친구가 살고 있는 것 같기 때문이에요.

우리 친구들과 가끔 무서운 이야기를 들려달라고 하면 제 속에 살고 있는 아이가 저를 톡톡 쳐요. 빨리 시작하라고요.

저는 이럴 때마다 작년 '인절미 며느리'에 이어 올해는 '삐그덕 치과' 이야기를 들려주죠. 무서우면서도 재미있는 '삐그덕 치과' 이야기를 줄줄줄 쏟아 놓죠.

어떨 때는 저도 무서워 팔뚝에 오소소 소름이 돋기도 해요. 아마도 '삐그덕 치과'는 100탄까지 갈 거 같아요. 우리 친구들 와! 하는 함성 소리가 들려오네요. 히히히~

그런데 어떨 땐 제 안에 살고 있는 어린 친구가 짜잔~ 하고 마술을 부려 저까지 어린아이로 만들어 버릴 때가 참 많아요. 평소에도 제가 철이 덜 든 어른이란 말을 듣기도 하지만요.

그러면 저는 꽃들과 풀, 아주 작은 개미와 코딱지에게도 눈길이 간답니다. 그리고 우리 친구들의 이야기에 더 귀를 쫑긋 오므리게 되고요. 그렇게 보고 지낸 것들을 메모한답니다. 여기 동시들은 그때 메모한 것들을 써 놓은 것들이에요. 천천히 읽어 보세요. 대충 침만 묻히며 읽으면 안 돼요. 그럼 제 안에 사는 어린 친구가 삐쳐서 더 이상 '삐그덕 치과' 이야기를 들려주지 않을 테니까요. 아셨죠?

그리고 몽글몽글 하얀 구름과 별똥별을 넣어 라면을 끓일 땐 꼭 연락할 테니 빨리 오셔야 해요. 어, 저기 친구. 책에 침만 묻히고 대충 넘기는데…… 그럼 구름과 별똥별 라면 못 먹어요. 자~ 그럼 다음에 또 만나기로 해요. 약속~

아차, 이번 동시집에 예쁜 그림을 그려 준 우리 친구들 정말 고맙고요. 세 번째 동시집이 나오기까지 늘 응원해 준 충주에서 글 쓰시는 모든 문학 단체 회원님들, 우리 가족들, 충일교회 목사님과 성도님들 고마워요.

뒤표지 글을 정말 잘 써 주셔서 책이 날개를 펴고 팔랑팔랑 날아가면 어쩌나 행복한 고민 주신 박방희 선생님, 제 동시를 정말 따뜻하게 품어 주신 맹문재 주간님과 푸른사상 가족들 모두 모두 고맙습니다.

하나님, 세 번째 동시집을 준비하면서 행복해서 눈물이 났어요. 감사드립니다. ♥

2015년 뽕나무 그늘에 앉아
김경구

제2부

제4부

뛸 때마다 팔랑팔랑 소리가 나겠지?

제1부

애들아, 모여 봐

개미들이 운동장 한쪽에
까만 금을 긋는다.
줄줄줄줄줄줄줄줄줄줄줄줄줄줄줄줄줄줄줄줄줄줄줄줄줄줄줄줄줄줄줄줄줄줄줄
끊어질 듯 끊어질 듯
끊어지지 않게.

팔짝팔짝
고무줄놀이 해도 되겠다.

한진희(충주 칠금초 3학년)

작은 웅덩이의 힘

받아쓰기 40점 맞고
집으로 오는 길
비까지 내린다.

'치— 우산도 없는데.'
선생님이 틀렸다고 채점한
붉은 색연필 선처럼
쫙쫙 비가 내린다.

톡— 발끝에 닿은
작은 돌 하나 걷어찬다.
또르르 퐁당!
작은 웅덩이에
빠졌다.

그러자 동글동글
나이테처럼 번져 가는 물결

그래, 앞으로 100점 맞을 거란
웅덩이의 신호인 거지.

까치밥

우리 엄마 태어나던 날 심은
시골 할머니 댁 앞마당 감나무 한 그루

3년 전 할아버지 돌아가신 후부터
할머니는 더 많이
까치밥으로 남겨 놓습니다.

흰 눈 내려도 대롱대롱 매달린
등 켠 감들

까치가 놀러 와 콕콕
참새도 날아와 콕콕
할머니 마루에 앉아 보며
긴 겨울을 보냅니다.

꽃잎 도장

"엄마, 학교에 다녀왔습니다."
"그래. 손 씻고 이거 먹어."
엄마가 접시에 담아 주신
예쁜 진달래 화전

선생님이 찍어 주신
'참 잘했어요'
동그란 도장처럼

활짝 핀
분홍 꽃잎 도장
꾹꾹꾹
찍혔다.

양찬별(충주 남한강초 5학년)

작은 돌

작은 돌이라고 깔보지 마세요.
강에 던지면
폴 폴 폴
물수제비로 날아갈 수 있고요.
연못에 살짝 던져도
파르르
나이테도 만들 수 있어요.

아!
허리 아픈 풀꽃 옆에 놓으면
허리 쭉 펴고
예쁜 꽃도 피울 수 있고요.

개미굴 옆에 놓으면
신나는 놀이터도 되고
바람도 막아 줄 수 있다고요.

민슬기(충주 남산초 6학년)

할머니는 화장품 대신

시골 할머니 작은 서랍장 위에는
날씬이 화장품 대신
뚱뚱보 약통이
줄줄줄 줄 맞추어 섰다.

고추 따다 허리 아플 때
땡볕에 오래 앉아 밭매다
머리 아플 때
부엌에 쪼그리고 앉아
대충 먹은 밥에 속이 아플 때

한 알, 두 알
약을 달고 사는 할머니
서랍장 위에는
약통이 자꾸 늘어 간다.

양치질 잘하는 해바라기

양치질 잘 안 하는 나
이 흔들려도
이 빼기 무서워
참다 참다
엄마한테 들켜
덧니 두 개인 나

해바라기는 양치질도 잘하고
이도 잘 뺐나 봐
그 많은 것 중에
덧니 하나 없는 걸 보면

김늘찬(충주 성남초 2학년)

23

신호

수업 시간 작은 수다가
왕수다로 커질 때
갑자기 교실에 날아온 왕벌

"어! 어떻게 알았지.
 수다 떠는 우리들 벌 좀 받으라는
 왕벌의 신호구나."

꽃 네 송이

털도 별로 없는
새 둥지의 아기 새 네 마리

엄마 새 아빠 새 날아오면
배고파
목을 쭈―욱 빼고
입을 쫘―악 벌린다.

봄날 햇볕 잘 드는
한쪽에 활짝 핀
연한 노란 꽃 네 송이.

김영민(충주 주덕초 1학년)

25

사슴뿔

사슴뿔에
초록색 잎사귀를 붙여 주고 싶어.
뛸 때마다 팔랑팔랑 소리가 나겠지?
더울 땐 그늘이 되어
시원하겠지?

가끔 외로울 때
새 한 마리
나비 한 마리도 앉아
친구가 되어 줄 거야.

정다은(충주 남산초 2학년)

탱크 소리

예전 드르렁 드르렁 아빠의 코골이
너무 커서 잠이 잘 안 왔는데
아빠가 없는 밤 이상하게 잠이 더 안 온다.

요즘 한 달에 몇 번 못 듣는
아빠의 힘찬 코골이
우리 가족 지켜 주는 든든한 탱크 소리다.

드르렁 드르렁
드르렁 드르렁
날마다 듣고 싶은 아빠 소리다.

방수정(충주 주덕초 5학년)

할머니네 기와 지붕

오래되어 낡은 기와 지붕
할머니 할아버지처럼
인심도 좋다.

기우뚱한 지붕 한쪽에
민들레꽃도 피우게 하고
작은 풀꽃들에게
자리도 내준다.

평수

키 작고 몸집 작은
오래된 5층 아파트.
한여름 수박 한 덩이 들고
계단을 올라갈 때면
몇 번 쉬어야 하는
페인트 군데군데 벗겨진 아파트.

새 학년이 되면 늘 하는 친구들 말
"재민아, 너 몇 평 사니?"

마음에도 평수가 있다면
얼마나 좋을까?
내 마음은 넓은데.
우리 엄마도 참 넓은데.

어떻게 알았을까?

허름한 집
유모차 끌고 하루 종일
재활용 모으는 할머니

어떻게 알았을까?
할머니가 쓰러져
병원에 입원한 사이
오래되어 금이 간 할머니네 집 담벼락

담쟁이 덩굴이
초록색 페인트칠로 새 단장했다.

정구현(충주 남산초 5학년)

앞니 하나도 하얗게 웃는다

제2부

체육 시간

운동장 철봉에서
대롱대롱
빨간 사과 얼굴 되어
쑤욱~ 탁
쑤욱~ 탁
점점 높아지는
턱걸이 횟수

일곱 번은 해야 되는데
친구들이 다 날 보고 있는데
으으윽~ 쫘—악
으으윽~ 쫘—악
두 다리 쫙쫙 펼치고
힘겹게 올라가는
난 개구리

친구들의 웃음소리
한여름 밤 개구리처럼
개굴개굴 와굴와굴
단체로 합창한다.

문경화(충주 주덕초 3학년)

우리 아빠 1

아빠가 빈혈로 쓰러졌다.

토요일도 일요일도 일하고
다른 사람들 다 쉬는
빨간 날에도 수당 더 받으려고
일하셨던 아빠

여름휴가도 없이 일하시는 사이
아빠가 보내 주신 어학연수로
외국에 일주일 다녀왔다.

어쩌면 난 아빠의 피를 빨아먹은
거머리가 아닐까?
핏기 없는 창백한 아빠의 얼굴이
자꾸만 떠올랐다.

우리 아빠 2

빈혈인 우리 아빠
고기를 먹어야 한다며
엄마는 장조림을 했다.

장조림을 좋아하는 난
꾹 참고 김치와 콩나물 무침을 먹었다.

엄마가 왔다 갔다 하는 사이
아빠는 젓가락으로 장조림을 집어
슬쩍 내 밥 위에 놓아 주며
한쪽 눈 찡긋하신다.

앞니 인사

접시에 담아
드린 홍시 세 개
앞니 하나뿐인 경석이 할머니
새처럼 콕콕 찍어
호물호물 드신다.

나도 잘 못 알아보시는
경석이 할머니
잘 먹었다며
함박웃음 짓는다.

앞니 하나도 하얗게 웃는다.

박리나(충주 남한강초 6학년)

거꾸로

아흔두 살 앞니 달랑 두 개 우리 할머니
작년부터 귀도 잘 안 들리고
글자도 잘 안 보인대요.

나 어릴 적에 우리 할머니
엄마 대신
씻겨 주고 밥 차려 주고
동화책도 읽어 주고
옛날이야기도 들려주었는데

나는 할머니의 발도 닦아 드리고
동화책도 읽어 주고
할머니가 들려주시던 옛날이야기도
들려주지요.
목이 아플 때도 있지만
할머니 웃음
내 가슴에 빙빙 맴돌아 더 크게 읽어요.

눈으로 말하기

목욕탕에서 갑자기 쓰러지신
우리 할아버지
뇌졸중이라네요.

병원에 계신 할아버지
아무 말씀도 못 하고
나를 보고 미소만 짓네요.

"할아버지, 나 누군지 알아?
 그럼 눈 한 번 꿈쩍하세요."

꿈쩍!

"할아버지, 내가 할아버지 사랑하는 거 알지?"

꿈쩍!

콩쥐가 된 엄마

우리 엄마
아빠가 회사 가고
동생과 나 학교에 가면
콩쥐가 된다.

한가득 쌓인 설거지
정신없이 어지러운 방 정리
쓸고 닦고

"꽃무늬 티셔츠 어디 있어요?"
"엄마, 제 물방울무늬 원피스 어디 있어요?"

아빠와 난
팥쥐 엄마와 팥쥐가 되어
화를 낸다.

정채이(충주 남산초 4학년)

진짜 꽃

작년 봄부터
아프신 할머니
하루 종일
방 안에만 누워 계셨어요.

며칠 전부터
팡팡 피어나는
눈부신 하얀 벚꽃

아빠는 할머니 업고
벚꽃 길 구경 갔어요.

호물호물 웃는 할머니
머리 위로
하얀 벚꽃잎 하르르 하르르

"두 분이 꽃이네요.
  진짜 꽃."

46

착한 허수아비

곡식 지키랴
곡식은 아예 못 먹고
참새 쫓으랴
참새도 못 잡아먹고
늘 배가 고파요.

저것 좀 보세요.
바람 불면
펄럭펄럭 날리는
헐렁한 옷
바짝 마른 몸.

맛 좀 봐

따르릉 따르릉
따르릉 따르릉

어서 일어나라고
소리 지른다.

벌떡 일어난 내 동생
"어휴, 넌 왜 이렇게 시끄럽니?"
머리를 한 대 콱 쥐어박고
또 잔다.

화가 난 알람 시계
"너, 맛 좀 봐."
따르릉 따르릉
따르릉 따르릉

김동현(충주 성남초 6학년)

하얀 단풍잎

눈 내리는 날
하얀 도화지에
단풍잎 그려 놓아요.

강아지도 꾹꾹
고양이도 꾹꾹
포르릉 새들도 내려와 꾹꾹
발 시린 닭은 한 발은 몸에 숨기고
한 발로만 꾸—욱

해님이 한참 바라보다
잘 그렸어요, 칭찬해요.

엄마 찌찌 탈

엄마 찌찌를 만져야만
꿈나라로 떠나는 다섯 살 지우

"엄마, 나 졸려.
 빨리 찌찌 탈 벗어."
"알았어."
"엄마, 찌찌가 탈 좋대?"

엄마가 찌찌 탈 벗자
지우는 찌찌 만지다
꿈나라로 떠난다.

머리맡 찌찌 탈이
봉긋봉긋 웃는다.

김지우(충주 남산초 5학년)

밥알 꽃

중풍으로 손 떨던 할머니
얼마 전부터 치매까지 앓다가
하늘나라로 가셨어요.

"배고파, 밥 줘."
하루 종일 밥만 찾던 할머니
할머니 어릴 때 굶는 날이
많아 그럴 거래요.

덜덜 떠는 손으로
먹은 밥보다 상 위로
떨어진 밥이 더 많았어요.

바람이 볼을 간질이는 봄밤
올려다본 밤하늘

할머니가 밥 먹다 떨어뜨린 밥알들
밤하늘 사방에 꽃으로 피었어요.

할아버지 머리카락

추석 며칠 전
할아버지 산소 벌초하러 간 날

아빠는 예초기 메고
스르륵 스르륵
산소의 풀을 깎습니다.

가을 햇볕에
잘려 나가는 풀이
반짝입니다.

할아버지 따라간
삼거리 이발소에서 자르던
할아버지 하얀 머리카락처럼
눈부십니다.

다 깎은 할아버지 산소
손으로 쓰다듬어 보니
꼭 할아버지 머리 같습니다.

'요' 자 창

내 마음의 창에는
'요' 자가 숨어 있어요.

엄마, 배고파.
엄마, 마트 언제 가?
엄마, 숙제 다 했어.
엄마, 오늘 피아노 학원 안 가면 안 돼?

'요' 자는 어디 갔니?

엄마, 배불러요.
엄마, 마트에 오면 좋아요.
엄마 숙제 다 했어요. 나가서 놀아도 되지요?
엄마, 오늘 피아노 학원 쉰대요.

'요' 자는 기분 좋을 때만 나와요.

송혜빈(충주 교현초 5학년)

아마 지구 몇 바퀴를 감았겠다

제3부

아빠 머리에 사는 딱따구리

매일 늦은 밤
공사장에서 퇴근하신 아빠
엄마 포장마차
어묵도 꼬챙이에 끼워 주고
삶은 달걀 껍데기도 까 주고
새벽 3시에 잠드신 아빠

그러더니
며칠 전 쓰러지신 우리 아빠
'과로'래요.
과자랑 비슷한 이름인데
거인 같은 아빠를 넘어뜨리다니, 무섭네요.

울렁울렁
국자 같은 큰 숟가락으로 밥도 잘 먹던 아빠
아주 작은 숟가락으로
좋아하는 전북 죽도 두 숟갈 못 드시고
엄마한테
"미안해, 미안해. 안 넘어가네.
 갑자기 배가 먹고 싶네."

조혜윤(충주 남산초 3학년)

하네요.

"아빠, 많이 아파?"
"응, 머리가 좀 아프네. 으으으 윽!"

낮에는 숲에 있던 딱따구리 한 마리
밤이면 아빠 머리에 찾아와
왼쪽을 콕콕콕 쫀다고 하네요.
아빠는 왼쪽 머리를 손으로 감싸고
또 문지르네요.
아빠 눈에 눈물이 맺혔네요.
많이 아픈가 봐요.

아침 학교에 갈 때
엄마가 입에 검지 손을 대며
"조용!" 신호를 보내네요.
밤에 왔던 딱따구리가
숲으로 날아갔나 봐요.
아빠가 베개를 머리에 대고 누워
편안하게 잠이 든 걸 보면요.

초승달

장날 나물 한 움큼
신문지 위에 놓고 팔다가
집으로 돌아와
할머니가 내 손에
쥐어 준 노란 바나나

엄마랑 헤어지고
일 년에 몇 번 만나
엄마와 함께 짜장면 먹다가
한 입 깨물고 남은 노란 단무지

그런 날 밤
꿈속에서 엄마랑 할머니랑
예전처럼 한집에 살게 되어
미소 띤 아빠의 입

벌들에게

치~
너희들이 다 가져간 줄 알지만
천만의 말씀
만만의 콩떡

샐비어 꽃 똑 따서
꽁무니 쪽~ 빨면
달콤한 꿀이 쪼~옥

요건 몰랐지?

이소앙(충주 국원초 5학년)

우리 동네 삼거리 반점

초등학교 다닐 적
여자 친구들 고무줄 톡톡톡 끊었다던 아저씨
이제는 이어 주고 싶은 마음

탕탕 탁! 탕탕 탁!
아저씨 손에서
면발 고무줄 되어
태어나고 또 태어나고
아마 지구 몇 바퀴를 감았겠다.

비 오는 날이면
삼거리 주방 아저씨한테 고무줄 잘린
여자 친구인 우리 엄마
"여보세요, 철민이니?
  우리 짜장면 곱빼기 두 개랑 군만두 하나."
전화기 잡고 수다를 길게 잇는다.

권효정(충주 주덕초 6학년)

고복?

초복 날 선생님이
아이스크림을 쐈다

그래도 더워 헉헉!
"중복엔 더 더워요."
선생님의 말씀

그럼 초복, 중복,
더 더워지는 복
그다음엔 무슨 복이 있을까?

"야, 고복이지? 그것도 몰라.
 초, 중, 고."

준석이 말에
선생님도 우리도 한바탕
웃음 소나기
시원하다.

가는 허리

하루 종일
가는 허리로
쉬지 않고 일하는 개미

하루 종일
가는 허리로
밭에서 일하시는 할머니

집으로 가는 개미
몸만 한 과자 부스러기도 번쩍

집으로 가는 할머니
고추에 호박 한가득 번쩍 이고
손도 안 잡고
흔들흔들 잘도 가신다.

할머니

2년째 방에만 누워 계신 할머니
말도 안 하고
웃지도 않는다.

나 2학년 때까지만 해도
수다쟁이 할머니에
스마일표 할머니였는데

할머니의 방문을
활짝 열어 준다.

할머니가 제일 좋아하는
앞산 진달래 보시라고

움츠렸던 날개 활짝 펴고
한 마리 나비 되어
팔랑팔랑 날아가시라고

68

박은재(충주 주덕초 5학년)

밀기

어버이날
할머니 모시고 비싼 식당에 갔다.
반찬이 가득하다.
할머니는 자꾸 아빠 앞에
맛있다며
반찬을 밀고
아빠는 할머니 드시라고
다시 밀고.

식사 시간부터 끝날 때까지
밀고
밀고
다시 밀고.

난 붕어 합창단

"바람이 서늘도 하여……"
배에 힘을 주며
열심히 노래 부를 때

"준무, 입 더 크게 못 벌려?"
어제도 지적받았는데……

오늘은 아예
노래는 안 부르고
입만 크게 벌렸다.

"좋아, 좋아. 그거야."

집으로 가는 길
입안이 얼얼하다.

진짜 꽃 2

모처럼 비 오는 날
새로 산 노란 우산 쓰고
학교 가는 길

점점 굵어진
빗방울
바람까지 데려왔다.

내 노란 우산 거꾸로
확 뒤집혔다.

"우와! 진짜 꽃 폈다."

옆에 가던 우리 반
입 큰 동현이
웃음꽃도 확 폈다.

유지은(충주 성남초 5학년)

이상한 간판

'국수랑 라면이랑'

우리 동네 새로 생긴
가게 이름

우리 동네 놀러 온 친구
국수 먹을까?
라면 먹을까?

"야, 저기 미용실이야."

이선민(충주 남한강초 6학년)

착한 개구리의 기도

논 가득
줄 맞춰 선
초록 모

밤이 되면
그 옆에 모두 모여
"올해도 풍년 들게 해 주세요."

개굴개굴
밤늦게까지
기도한다.

다음 날도
또
그 다음 날도.

김응도(충주 국원초 6학년)

비밀

한여름 자작나무 숲에 가면
101 마리의 달마시안이
다리를 모두 들고 몸을 쫙 펴고 있다.

아주 아주 오래전
달마시안이 몽땅 숲으로 들어갔다
길을 잃었나?

사람들이 볼 때 안 들키려고
달달달 다리를 떨며
자작자작 소리를 낸다.

사람들이 돌아가면 자작나무는
하늘을 향하던 긴 몸을 땅에 대고
서로서로 이야기한다.

반죽

누워 있는 엄마에게
"엄마, 오늘은 뭐 드시고 싶어요?"
"왜 또?"

"히히히~ 짜장면?"
"됐어."

엄마 곁에 딱 붙어
엄마 배를 주물럭주물럭

짜장면 반죽을 만들어요.
"엄마, 곱빼기?"
"아이고, 안 먹는다니까,
애가 왜 이래."

주물럭주물럭
반죽이 부드러워지고 있어요.
"엄마, 오늘도 부드러운 면발
 기대하셔도 좋아요."

엄마의 주문에 맞춰 꾸우욱, 꾹

제4부

거미 아빠

멀리서 보면 하나의 작은 점처럼
높은 건물 벽에 딱 매달린 아빠

한여름에도
한겨울에도
늘 가느다란 줄에 매달려
아파트 벽을 하얀 도화지처럼
할머니네 마늘밭 싹 솟을 때처럼
초록색으로 줄을 긋기도 하고

거미가 번지점프를 하듯
슉슉— 내려오기도 하고
쑤욱— 올라가기도 하고
하루 종일 줄에 매달린

이글이글거리는 해님 아래서
아빠의 얼굴은 사과가 되고

이승호(충주 주덕초 5학년)

한판 붙을래

저녁 먹는데
"요즘 학교에서 별일 없니?"
"응."

엄마가 내 앞에
슬그머니
꺼내 놓은 쪽지 한 장

한판 붙을래

어제 짝꿍이 재미있다고
쪽지에 적어 준
책 제목인데*

엄만 하루 종일
마음 졸였대요.

* 장영복 지음 「한판 붙을래」

84

줄타기

양팔 저울처럼
팔을 양쪽으로 쭉 벌려
한 발짝 두 발짝
꾸우욱, 꾹 밟아요.

"이이고! 시원하다."
식당에서 일하고 온 엄마
방바닥에 눕고
난 엄마 등에서 떨어지지 않게
줄을 탑니다.

"좀 더 위에, 좀 더 아래."
엄마의 주문에 맞춰
꾸우욱, 꾹
아슬아슬
줄을 탑니다.

우울할 땐

수박 반쪽만 하게
입을 벌려
크게 웃어 봐.

온몸이
빨간 수박 속살처럼
후끈후끈
힘이 솟아날 거야.

장용준(충주 남산초 3학년)

우리 학교 스파이더맨

우리 학교 꽃밭
교장 선생님이 심으신
박과 수세미
촘촘하고 긴 그물줄
학교 옥상까지 연결했다.

하루 이틀 지나고
키가 크더니
얼마 후
옥상을 향해 올라가는
박과 수세미 넝쿨

우리 학교
스파이더맨이 나타났다.

너도 배고프니?

학교 끝나고
배고파서
분식점에서 떡볶이 먹는데
떡볶이에 벌이 앉았다.

"여기가 어디라고 들어와, 저리 못 가?"
아줌마가 옆에 있던 주걱을 들고
휘휘―휘휘

우리가 배고픈 것처럼
벌도 학교 끝나고 배고파서
떡볶이 먹고 싶었나?

밖으로 쫓겨난 벌
분식점 밖에서
자꾸 왱왱거린다.

든든한 군인

여름철 과일들
밤에 푹 잘 수 있어
좋대요.

얼룩덜룩 군복 입은
든든한 수박 때문이에요.

깜짝 놀라
오소소 솜털이 솟는 복숭아도
늘 겁이 많아
동글동글 모여 사는 포도도
간이 콩알만 해
잎사귀 뒤에 숨은 딸기도

멋지게 군복 단체로 차려입은
수박 군인들
자랑스럽대요.

최준선(충주 남산초 4학년)

춥지만 따뜻한 날

하얀 눈꽃
눈부신 날

중앙 공원에서
무료로 나눠 주는
하얀 밥
따끈한 국

할아버지 할머니
모이고
참새들도 모이고

햇살도 냉큼 달려와
힘을 준다.

주고, 받고

주룩주룩 비 내리면
호박 하나 뚝 따
지글지글 부침개 부치시는 엄마.
고소함이 집안 가득
군침이 입안 가득.

"사람 살아가는 건 작은 정이란다."
접시, 접시 담으며
말씀하시는 엄마.

혼자 사시는 할머니네
아랫집 하늘이네
초록 대문 정현이네
부침개 심부름 간다.

돌아오는 길
빈 접시로 덮은
칼국수 한 그릇
뜨끈뜨끈하다.

매미 합창단

매미도 우리 학교처럼
반이 있나 봐.

큰 느티나무에 앉아
1반 노래 부르다,
2반 노래 부르다,
3반 노래 부른다.

그러다 딱 멈춘다.
누가 더 크게 불렀나?
얘기한다.

그래도 잘 몰라
이번에는
1반, 2반, 3반 모두 입을 모아
다 같이 노래 부른다.

합창의 왕 매미
아무도 못 따라온다.

덩치 큰 딱따구리도
꾀꼬리도
꼼짝 못한다.

유희진(충주 교현초 5학년)

좋은 것도 많아

4학년인데도
1학년 동생들이랑
비슷한 내 키

머리 깎을 때도
주사 맞을 때도
"1학년 같은데…… 잘 참는구나."
그림자처럼 따라다니는 말

하지만 괜찮아
아주 작은
개미도 더 자세히
볼 수 있고
키 작은 풀꽃의 향기도
가장 먼저 맡을 수 있어

아하!
길가에 떨어진 돈도
내가 먼저 주울 수 있고

마당 쓸고

아빠랑 함께
지난 밤 떨어진
나뭇잎 쓸고
들마루에 앉아
도란도란 이야기 나눌 때

빨랫줄에 나란히 걸린
아빠와 내 옷
바람이 불어와
아빠 옷이 내 옷을
끌어안네요.

옷처럼 나도
몸을 아빠 쪽으로
살짝 기대 보아요.
그러자 아빠 옷처럼
아빠가 나를 꼭 안아 주네요.

최고의 비행사

『어린 왕자』 책을 읽고
지은이
생텍쥐페리 아저씨가
최고의 비행사인 줄 알았어요.
글도 쓰고 비행기 운전도 하고
정말 좋았거든요.

그런데 어쩌지요.
오늘 선생님이 그러는데
파리는 1초에 날개를 200번
파닥파닥거린대요.

미안해요, 아저씨.
이젠
지구 최고의 비행사는
파리로 바뀌었어요.

빵

우리 동네
빵 가게 아저씨
아침부터 팔다 남은 빵
밤이 되면 재활원에 갖다 주지요.

"얘들아, 엄마 왔다.
 문 열어 주면 안 잡아먹지."

늑대 흉내 내는 아저씨 말에
빵!
빵!
빵!
터지는 아이들 웃음.

김하랑(충주 성남초 5학년)

동시 속 그림

한진희(충주 칠금초 3학년)

양찬별(충주 남한강초 5학년)

민슬기(충주 남산초 6학년)

김늘찬(충주 성남초 2학년)

김영민(충주 주덕초 1학년)

정다은(충주 남산초 2학년)

방수정(충주 주덕초 5학년)

정구현(충주 남산초 5학년)

문경화(충주 주덕초 3학년)

박리나(충주 남한강초 6학년)

정채이(충주 남산초 4학년)

김동현(충주 성남초 6학년)

김지우(충주 남산초 5학년)

송혜빈(충주 교현초 5학년)

조혜윤(충주 남산초 3학년)

이소앙(충주 국원초 5학년)

권효정(충주 주덕초 6학년)

박은재(충주 주덕초 5학년)

유지은(충주 성남초 5학년)

이선민(충주 남한강초 6학년)

김응도(충주 국원초 6학년)

이승호(충주 주덕초 5학년)

장용준(충주 남산초 3학년)

최준선(충주 남산초 4학년)

유희진(충주 교현초 5학년)

손서영(충주 성남초 4학년)

김하랑(충주 성남초 5학년)